Laure MALAPRADE

Tête d'ampoule

© 2016, Laure Malaprade

Edition : BoD - Books on Demand
12/14 rond-point des Champs Elysées, 75008 Paris
Impression : Books on Demand GmbH, Norderstedt, Allemagne
ISBN : 9782322076598
Dépôt légal : April 2016

A Hannah

1

Je m'appelle Julie. J'ai neuf ans et comme la plupart des filles de neuf ans, j'aime les chatons et les poneys, j'aime fabriquer des trucs en perles, piquer le maquillage de ma maman pour jouer à la grande et faire rire mon petit frère. Vous voyez, je suis une petite fille tout ce qui a de plus normal.

Enfin, presque. Parce qu'en plus de tout ce que je viens de citer, je me passionne pour tout un tas de choses qui n'intéressent pas du tout les filles de mon âge, comme l'astronomie, le fonctionnement de notre système immunitaire ou apprendre à parler suédois.

Moi, je n'ai pas l'impression que c'est bizarre d'avoir envie de comprendre tout ça : les poneys et les chatons, je les trouve tout mignons, alors j'emprunte des livres à la bibliothèque pour tout connaître sur les différentes races et savoir comment s'en occuper et combien de temps ils peuvent vivre. Les planètes, mon corps, c'est pareil. Quand une chose m'intéresse, j'ai besoin de savoir comment elle fonctionne.

Quand je suis entrée en maternelle, j'avais trois ans, comme tous mes camarades de classe. J'étais bonne élève, je travaillais bien, j'avais plein de copines et j'adorais aller à l'école. C'est à ce moment-là que mon petit frère est arrivé. Il était tout petit, tout mignon, il faisait plein de sourires et je me sentais vraiment grande.

Et puis un jour, quand j'étais en grande section de maternelle, j'ai su lire. Je n'ai pas appris à l'école, c'était encore trop tôt, on n'apprend pas à lire aux enfants en maternelle. Ce ne sont pas non plus mon papa ni ma maman qui m'ont appris. Je ne sais pas comment, c'est venu comme ça, un jour, il y a eu comme un déclic dans ma tête et j'ai compris que les lettres faisaient des mots, que j'arrivais à les lire et que je comprenais ce qu'ils voulaient dire. Alors je me suis mise à lire tout ce qui me passait sous la main, ça allait des sous-titres de la télé à la composition du paquet de céréales, en passant par les publicités qu'on recevait par piles entières dans la boîte aux lettres.

Je n'imaginais pas qu'on puisse apprendre à lire, je croyais que tous les enfants, comme moi, se réveillaient un beau matin en sachant lire et que c'était le signe qu'on était prêt pour la grande école.

Je n'ai pas osé le dire à ma maîtresse, je ne voulais pas me faire remarquer, j'attendais juste qu'elle s'en rende compte, et ça tardait un peu. J'ai commencé à trouver l'école beaucoup moins intéressante qu'avant, parce que tout ce qu'on y faisait était censé nous préparer à apprendre à lire l'année suivante, en CP, et que moi j'avais déjà compris tout ça. Je m'ennuyais.

Heureusement, ça n'a quand même pas duré trop longtemps, la maîtresse a vu que je savais lire, elle a aussi compris que je m'ennuyais en classe et elle a convoqué ma maman.

Ma maîtresse lui a demandé si elle avait vu que je savais lire et j'ai trouvé que c'était une drôle de question parce que ça me paraissait évident, vu que ma maman elle me donnait plein de livres et qu'elle disait que c'était chouette de savoir lire.

À ce moment-là, j'ai commencé à comprendre qu'il y avait un truc bizarre : ma maîtresse a dit à ma maman des choses que je n'étais pas sûre de comprendre, mais je voyais bien que j'avais fait quelque chose d'anormal. Elle a dit « surprenant », « extraordinaire », « très en avance » et « test de QI ».

Franchement, je ne pensais pas que c'était si compliqué de passer en CP. Quand j'étais passée de la petite section de maternelle à la moyenne, puis à la grande section, j'étais juste passée, il n'y avait pas eu tout ce tralala. Je croyais que pour le CP c'était pareil, mais non. J'ai dû discuter avec ma maîtresse, puis avec la maîtresse de CP, ensuite j'ai vu la psychologue scolaire qui nous a envoyés voir une psychologue spécialisée qui m'a fait faire plein de tests avec des images et des cubes et qui m'a posé plein de questions.

Il faut croire que j'ai bien répondu aux questions parce que la psychologue a dit à mes parents que j'avais obtenu un résultat très élevé, qu'elle allait écrire une lettre pour mon école et que j'étais surdouée.

Voilà, c'était donc ça, j'avais cinq ans et j'étais surdouée. Je ne savais pas trop ce que ça voulait dire, alors mes parents m'ont expliqué qu'être surdoué ça ne voulait pas dire qu'on était meilleur que les autres, mais que dans ma tête c'était fait un peu différemment que dans celle de mes copines et que ça me permettait d'apprendre plus vite. Ils m'ont aussi dit qu'il y avait quelques autres différences, comme d'être très sensible par exemple, mais moi je me sentais juste complètement normale.

Bref, je suis passée en CP. Seulement, j'y suis allée en février, toute seule sans ma classe et avec toutes mes copines qui me regardaient bizarrement.

J'étais contente, je m'y sentais plutôt bien, la maîtresse était très gentille et je trouvais ce qu'on faisait en classe beaucoup plus intéressant que ce que je faisais quand j'étais encore en maternelle. Mais pour mes amies, j'étais devenue une grande de CP, et elles n'avaient plus trop envie de jouer avec moi. Je me suis fait deux ou trois copines dans ma nouvelle classe, ça ne se passait pas trop mal, et l'année suivante je suis passée en CE1.

Bon, j'étais en CE1 et j'avais un an de moins que les autres élèves de la classe, mais cela ne se remarquait pas trop, parce que je suis plutôt grande et comme disent les adultes, « bien intégrée ». En plus, c'est une petite école de campagne où tout le monde se connaît plus ou moins, alors ils faisaient attention à moi, la « petite », et tout allait comme sur des roulettes.

Mais justement, comme c'est une toute petite école, il n'y a pas beaucoup d'élèves et les classes sont parfois un peu mélangées : ma classe, c'était un double niveau CE1-CE2. Et comme je comprends vite et que j'ai tout le temps les oreilles ouvertes, j'ai fait mon CE1 sans problèmes, mais j'ai aussi suivi le CE2, puisque j'étais dans la classe et que je ne pouvais pas faire semblant de ne pas entendre ce que la maîtresse disait. Du coup, à la fin de l'année, la maîtresse a dit que j'avais assimilé le programme de CE2 – ben oui, elle l'a dit comme ça, avec ces mots-là – et que si je passais en CE2 j'aurais l'impression de redoubler, que j'allais m'ennuyer et que ce serait mieux pour moi que je passe directement en CM1.

Elle en a parlé à la directrice de l'école, à mes parents, à la psychologue scolaire et à moi aussi bien sûr, parce que je suis quand même la première concernée, et nous sommes finalement tous tombés d'accord : j'allais passer en CM1.

Ça m'embêtait un peu d'être encore une fois obligée de changer de copines, parce que dans les écoles primaires, les élèves n'aiment pas se mélanger : changer de classe c'est presque comme changer d'école, il faut tout recommencer à zéro. Je me demande bien pourquoi d'ailleurs, c'est vrai ça, pourquoi on ne pourrait pas être ami avec quelqu'un qui a trois ans de moins ou deux ans de plus que nous ?

Mais finalement je n'ai pas regretté d'avoir encore sauté une classe, l'année suivante je ne me suis pas ennuyée, j'avais de très bonnes notes, j'ai trouvé de nouvelles amies dans ma nouvelle classe et même gardé une ou deux copines de ma classe d'avant.

Mais la différence commençait à se voir quand même, et parfois, certaines filles ne voulaient pas jouer avec moi et me traitaient de « bébé ».

Moi je ne me sentais pas du tout comme un bébé, je ne comprenais pas pourquoi elles disaient ça, ça me rendait triste, j'avais envie d'être copine avec tout le monde, mais visiblement elles n'étaient pas d'accord. Elles faisaient des bandes, des groupes, et si je jouais avec une fille je ne devais pas parler à une autre parce que ces deux-là ne s'entendaient pas et je devais choisir l'une ou l'autre, mais pas les deux.

Alors j'ai fait bien attention à ne pas me faire remarquer, j'ai continué à bien travailler à l'école, mais pas plus. Je n'avais plus du tout envie de sauter de classe.

L'année suivante, je suis passée normalement en CM2, avec toute ma classe, et s'il y avait encore quelques élèves qui me regardaient de travers, dans l'ensemble ça se passait bien.

Voilà, maintenant que je me suis présentée, que vous me connaissez un peu mieux, je vais pouvoir vous raconter ce qui s'est passé après tout ça. Parce que c'est à partir de ce moment-là que tout est allé de travers.

2

En fait, tout n'est pas allé de travers dès le début : le jour de la rentrée s'est bien passé. Je tiens à le dire parce que j'aime bien que les choses soient précises, si ce que je dis n'est pas parfaitement exact j'ai l'impression de mentir, et je n'aime pas mentir. D'ailleurs, je ne sais pas mentir : une fois j'ai essayé, mais je me sentais tellement mal que j'ai bafouillé, je suis devenue toute rouge, je me suis contredite et bien entendu j'ai été grillée en quelques secondes.

Je suis née au mois de juillet, et quand je suis entrée en sixième j'avais donc tout juste neuf ans.

Comme je suis une petite fille normale (mais ça je vous l'ai déjà dit), j'ai ressenti ce que la plupart de ceux qui entrent pour la première fois au collège ressentent : j'étais à la fois fière et contente, et en même temps j'avais un peu peur. Ça me paraissait très compliqué d'avoir plein de professeurs, de devoir prendre le car scolaire et d'avoir beaucoup de devoirs chaque soir. Enfin, j'imaginais tout ça parce qu'on me l'avait expliqué, je crois que je ne me rendais pas vraiment compte de ce qui allait se passer. J'attendais donc avec impatience le jour de la rentrée, je me disais que ça allait être génial d'apprendre des tas de trucs nouveaux, de me faire plein de copains et de copines, et en même temps je voulais juste que ce jour n'arrive jamais.

Normal, quoi !

Avec mon papa et ma maman, on avait beaucoup discuté, avant la rentrée, parce qu'ils s'inquiétaient un peu pour moi, forcément, vu que le collège est prévu pour des enfants qui ont au moins onze ans.

Au début, ils avaient parlé de m'inscrire dans un collège où il y a une classe spéciale pour les enfants surdoués. Ça m'aurait bien plu, je me disais que ça serait plus facile de me faire des amis parce qu'on aurait de toute façon tous des âges différents et que ça ne serait pas un critère pour décider si on allait s'entendre ou pas. Mais finalement, ce collège était trop loin de chez nous, il aurait fallu que je reste en internat toute la semaine, et ça, c'était hors de question. Si je n'ai pas le câlin de papa et maman quand je me couche, je ne peux pas dormir.

J'ai donc été inscrite dans le même collège que toute ma classe de CM2, dans le village voisin du mien, et c'était finalement assez rassurant de savoir qu'en arrivant là-bas je ne serai pas complètement perdue parmi des inconnus.

Et le jour de la rentrée est arrivé. J'étais là, dans la cour, je me sentais toute petite, mais en regardant autour de moi j'ai vu qu'il y avait quelques enfants aussi petits que moi. Il y avait même une fille vraiment plus petite ! Comme je suis plutôt grande (oui, je sais, ça aussi je vous l'ai déjà dit), la différence d'âge ne se voyait pas.

J'ai donc décidé de ne pas dire que j'avais neuf ans. Je serai une élève de sixième parfaitement normale, à qui on ne demanderait pas son âge, puisque tout le monde sait déjà qu'un sixième, ça a onze ans, ou éventuellement douze, mais seulement après les vacances de Noël. Je vous explique ça parce que l'âge qui est pris en compte pour une année scolaire est celui de l'année civile, ce n'est pas très logique, mais c'est comme ça. J'ai tendance à souvent trouver des choses injustes, ça me rend vraiment triste, et malheureusement quand ce n'est pas logique, ça amène des injustices.

Mais bon, passons. Le directeur du collège a fait l'appel, et j'étais dans la liste des sixièmes B. Il y avait aussi Mattéo, Mona et Lola qui étaient déjà dans ma classe l'année dernière, les autres arrivaient d'autres écoles primaires et je ne les connaissais pas.

La matinée s'est passée tranquillement, on a fait la connaissance de notre prof principale qui nous a expliqué le fonctionnement du collège, les horaires de récré, de cantine, les casiers, enfin tout ce qu'on avait besoin de savoir. L'après-midi, on a visité le CDI – le Centre de Documentation et d'Information – et ça, c'était un grand moment de bonheur. Vous

vous rendez compte, on a une bibliothèque pour nous tout seuls ! Personne ne m'en avait parlé, je l'ai découverte à ce moment et j'avais juste « Whaaa génial » qui tournait en boucle dans ma tête et j'imagine que je devais avoir un sourire débile coincé sur ma bouche. Mais bon, ce n'était pas grave, parce que tout le monde regardait la documentaliste qui nous parlait de ce qu'on pouvait trouver et faire au CDI, et je crois que personne n'a remarqué ma tête.

À la fin de la journée, j'ai pris le car, maman m'attendait à la maison avec un gros goûter. Pour ce premier jour de collège, ce sont elle et papa qui ont eu des devoirs et pas moi, parce qu'il y avait au moins vingt feuilles à signer ou à remplir avec des tas d'informations qui ne m'intéressaient pas.

La première journée s'était donc passée sans encombre, il n'y avait pas de raison que ça ne continue pas comme ça. Sauf que…

3

Le deuxième jour, pendant la récréation du matin, j'étais tranquillement assise dans un coin de la cour avec Mona, quand un garçon, un grand qui devait au moins être en quatrième, est venu se planter devant moi et m'a demandé :

« C'est vrai que tu as seulement neuf ans ? »

J'étais embêtée, je n'avais pas pensé que ceux qui venaient de ma classe de CM2 le savaient et que forcément, l'un d'eux avait dû en parler. Je n'avais pas envie que ça se sache, mais comme je vous l'ai déjà dit plus tôt, je ne sais pas mentir, alors j'ai répondu que oui, c'était vrai.

« Alors tu as sauté une classe ?

– Non.

– Attends, tu as neuf ans et tu n'as pas sauté de classe ? Tu te moques de moi ? »

– Tu m'as demandé si j'avais sauté une classe, et je t'ai répondu non, parce que je n'ai pas sauté *une* classe, mais deux. »

Là, il a éclaté de rire, tellement fort que tout le monde regardait dans notre direction, il m'a dit « t'es trop bizarre, toi » et il est reparti, toujours en rigolant, vers d'autres grands qui se tenaient en groupe un peu plus loin. Ensuite j'ai vu qu'ils parlaient entre eux en riant et en me regardant.

Tout ça parce que j'avais simplement répondu honnêtement et précisément à sa question. Je ne vois vraiment pas ce qu'il y avait de bizarre.

C'est vrai ça, c'est important d'être précis, parce que sinon les gens comprennent de travers et ça crée des problèmes. Et même quand ça ne crée pas vraiment de problèmes, je trouve que c'est super important d'utiliser les bons mots. Par exemple, il y a quelque chose qui m'énerve particulièrement, c'est quand quelqu'un dit un cheval au lieu d'un poney. Moi je rectifie toujours, je dis « ce n'est pas un cheval, c'est un poney ». Et là, généralement, on me répond que ce n'est pas grave, qu'il n'y a pas beaucoup de différence, et que de toute façon j'ai bien compris ce qu'on avait voulu dire. Eh bien non. Je ne suis pas d'accord. Ce n'est pas du tout pareil. On la voit bien, la différence, pourtant !

Ah oui, ça aussi : une fois, il y avait une amie de mes parents qui était à la maison et elle ne se sentait pas très bien, alors elle a demandé à ma maman si elle n'avait pas un *cachet pour la tête*. C'est n'importe quoi ! C'est un cachet *contre le mal de tête* dont elle avait besoin, parce que le cachet, il est pour la bouche. Si tu le mets sur ta tête, il ne soignera pas grand-chose.

Enfin, revenons dans la cour de récréation de ce deuxième jour de collège. Quand le grand est parti, il y avait quelques filles pas loin de nous qui avaient entendu, et elles sont venu me demander si j'avais vraiment neuf ans. J'ai dit oui, j'ai poussé un gros soupir et j'ai regardé le ciel, histoire de leur faire comprendre que je n'avais pas du tout envie d'en discuter. Juste après, la fin de la récréation a sonné et on est retourné en classe.

J'ai été tranquille jusqu'à l'heure du déjeuner, mais quand je me suis assise avec mon plateau à la cantine, j'ai bien remarqué que tout le monde me regardait. Alors j'ai mangé très vite, sans lever la tête, le nez dans mon assiette.

Quand j'ai eu terminé, je suis sortie dans la cour, je voulais juste aller me mettre dans un coin et ne parler à personne, mais il y avait plein d'élèves de différentes classes, des grands surtout, qui avaient l'air de m'attendre. J'ai traversé la cour et je suis allée m'asseoir sur la première marche de l'escalier des profs (celui que nous, les élèves, n'avons pas le droit d'utiliser). Il y a bien des bancs dans la cour, mais ils ont une forme bizarre qui fait mal aux fesses, et de toute façon ils sont toujours occupés.

J'étais à peine assise depuis quelques secondes qu'il y avait au moins huit personnes autour de moi, à me demander si c'était vraiment vrai que j'avais neuf ans. Moi je ne disais rien, je n'avais vraiment pas envie de leur répondre, je les trouvais très grands et je me sentais tout intimidée. Alors ils ont commencé à parler entre eux sans se soucier de moi. Il y en a un qui a dit que c'était vrai, qu'il le savait parce que sa cousine était dans mon ancienne école et qu'elle me connaissait. Un autre disait que ce n'était pas possible, que personne ne peut être en sixième à neuf ans, ou alors seulement les génies, et que je n'avais vraiment pas l'air d'un génie.

D'ailleurs, ça ressemble à quoi un génie ? Moi je dirai bleu et rigolo, comme dans le dessin animé *Aladin*. C'est clair qu'il a raison, je ne ressemble pas à un génie.

Une fille super grande, avec du rouge à lèvres et de vrais seins, a dit que j'étais *mytho* et que j'avais dit ça pour me rendre intéressante.

Elle, elle n'avait rien compris du tout. Justement, c'est exactement le contraire. Je voudrais seulement que tout le monde me voie comme je suis, c'est-à-dire une fille complètement normale. Et les filles normales ce n'est pas particulièrement intéressant.

Au bout d'un moment, une surveillante s'est approchée et a demandé :

« Qu'est-ce qui se passe ici ? »

Ils ont tous répondu qu'il ne se passait rien, qu'on ne faisait que discuter, et moi je n'ai rien osé dire, je regardais mes chaussures et j'espérais juste qu'ils allaient vite se disperser et me laisser tranquille. La surveillante n'a pas cherché à en savoir plus, mais elle a quand même vu que j'avais l'air embêtée et leur a demandé d'aller jouer plus loin.

4

Les jours qui ont suivi, l'information a fait le tour du collège.

« En 6ᵉ B, il y a une fille qui n'a que neuf ans ! »

Tout le monde ne parlait que de ça, et il y a même des cinquièmes, qui ne savaient pas que c'était moi, qui sont venu me prévenir, parce que visiblement c'était super important que tout le monde le sache. J'ai dit « Et alors ? », et elles ont répondu que je n'étais vraiment pas marrante, que je ne devais sûrement pas la connaître parce qu'une nunuche comme moi ne pourrait sûrement pas être amie avec une intello.

Voilà, le mot était lâché. Intello. C'était la première fois que je l'entendais, mais croyez-moi, ça n'a pas été la dernière. Je ne savais pas ce qu'il signifiait, mais je me rendais bien compte que ça devait être quelque chose de pas très agréable puisque de la façon dont les autres le prononçaient, avec mépris, ils considéraient clairement qu'ils n'en étaient pas eux-mêmes.

Quand je suis rentrée à la maison, j'ai demandé à mes parents qu'ils m'expliquent ce que ça voulait dire et quand j'ai dit « intello », ils ont poussé exactement en même temps un gros soupir et se sont regardés avec une expression qui voulait dire : ça y est, les ennuis commencent.

On a sorti le dictionnaire et on a cherché « intellectuel », dont « intello » est la forme familière. Et on a lu ensemble qu'un intello, donc, c'est quelqu'un qui fait marcher son esprit et qui se sert de son intelligence.

Elle me va bien, cette définition. Pas de problème, je veux bien être une intello. Je dirais même que c'est plutôt un compliment de se faire traiter d'intello, c'est que la personne en face de toi s'est rendu compte que tu n'étais pas complètement débile.

Et puis d'abord, pourquoi ne veulent-ils pas admettre qu'eux aussi, ils se servent de leur tête ? Je n'ai quand même pas atterri dans un collège de poulpes, si ? C'est complètement absurde.

Enfin, admettons. Je me disais qu'une fois que tout le monde saurait que j'ai neuf ans, il n'y aurait plus rien à dire, et que tout rentrerait dans l'ordre.

Les jours suivants, j'ai préféré passer mes récrés au CDI, et j'ai eu la paix. Au CDI, on n'a pas le droit de discuter, on est censé rester au calme, à lire ou à travailler, et ça tombait très bien. Personne n'est venu me parler, j'ai trouvé un livre sympa qui parlait d'une enquête sur un manuscrit volé et je me suis plongée dedans.

On était encore en septembre, il faisait très chaud et très beau, et la cour de récréation a commencé à me manquer. J'ai laissé tomber le CDI (de toute façon j'avais fini de lire mon livre) et je suis allée tranquillement m'installer sur les marches de l'escalier, l'air de rien.

Et ça a recommencé. C'était le défilé. Maintenant, tout le monde savait que j'avais neuf ans, mais ils voulaient le vérifier personnellement. Je ne sais pas ce qu'ils attendaient exactement, peut-être qu'ils voulaient voir si je parlais la même langue qu'eux ou si j'étais vraiment bizarre, mais ils venaient tous me voir. J'en ai eu tellement assez que j'ai crié « laissez-moi tranquille » et je me suis mise à pleurer.

La surveillante est arrivée en courant, elle avait l'air très fâchée, et elle a crié « maintenant, ça suffit ! Fichez-lui la paix, je ne veux plus voir personne autour de Julie ! »

Ça a eu de l'effet, tout le monde est parti, et les jours suivants, à chaque récré, j'ai bien vu que la surveillante – elle s'appelle Sophie – regardait souvent vers moi pour vérifier qu'il n'y avait pas de problème. Personne n'osait venir m'embêter. Seulement, à cause de ça, même ceux avec lesquels je m'entendais bien n'osaient pas s'approcher. J'ai vu ma copine Mona, qui était sur le point de venir s'asseoir à côté de moi, changer de direction après que Sophie lui ait adressé un regard assassin.

Voilà. Personne ne m'embêtait, mais j'étais toute seule. *Toute seule !*

Sophie voulait certainement bien faire, mais là, c'était trop. J'étais complètement isolée. Alors oui, j'aime bien être tranquille et je préfère rester dans mon coin plutôt que d'avoir des discussions pas intéressantes, mais au bout d'une semaine j'ai trouvé ça vraiment pesant.

Je suis donc moi-même allée vers Mona et Lola, histoire de passer un petit moment avec elles. Mais entre-temps elles avaient trouvé de nouvelles copines, elles étaient en grande conversation et j'ai très vite compris que je n'étais pas la bienvenue.

En moins d'une semaine, j'étais passée de l'extra-terrestre qui intéresse tout le monde à celle avec qui personne ne veut plus parler.

5

Ce vendredi-là, on avait sport. Maman m'avait préparé un sac avec un survêtement, des baskets et un T-shirt confortable. Mon T-shirt, il est un peu vieux mais je l'adore, je suis super à l'aise dedans. Dans le temps il était blanc, maintenant il est plutôt gris très clair, mais on voit encore très bien les petites fleurs roses et vertes imprimées dessus.

Nous sommes donc arrivés dans les vestiaires du gymnase, un côté pour les filles un côté pour les garçons, et tout le monde a sorti ses affaires de gym et s'est changé.

Mon haut de survêtement était dans mon sac, mais comme il faisait encore chaud et qu'on allait courir, j'ai décidé de rester en T-shirt.

« Eh, vous avez vu ? Julie elle a un T-shirt de bébé ! »

Je me suis retournée et il y avait quatre filles qui me regardaient en rigolant.

« Ha ha... Et je parie qu'elle a une culotte Mickey, aussi ! »

Là ça m'a fait de la peine, déjà, parce que c'est complètement débile, ça fait longtemps que je ne mets plus de culottes Mickey et puis même si c'était le cas, qu'est-ce que ça peut bien leur faire ? Mais ce qui m'a vraiment rendu triste c'est que c'était Mona qui avait dit ça.

Je n'ai pas su quoi répondre, je sentais les larmes qui montaient et je me mordais l'intérieur des joues très très fort parce que je ne voulais surtout pas qu'elles me voient pleurer.

Arrivés sur le terrain, le prof nous a dit qu'on allait composer des équipes de cinq joueurs. Immédiatement, des groupes se sont formés, ceux qui voulaient jouer ensemble s'étaient rapprochés. Moi, je ne savais pas trop où aller, alors le prof m'a montré justement l'équipe de Mona et des trois autres filles en disant « mets-toi avec elles, il reste une place ».

Je n'avais vraiment pas envie, mais j'ai obéi, et les filles ont protesté : elles ne voulaient pas jouer avec un *bébé*, je ne courais pas assez vite et j'avais peur d'attraper le ballon...

Le prof s'est fâché, leur a dit de se taire, et que s'il y avait un maillon faible dans une équipe, c'était aux autres membres de le soutenir.

Bon, OK. Lui aussi, comme Sophie, il a voulu bien faire, mettre en avant l'esprit d'équipe pour me protéger de leurs sarcasmes, mais ça m'a quand même vexée de me faire traiter de maillon faible avant même que la partie ait commencé.

Ceci dit, il n'avait pas complètement tort parce qu'à ce moment-là, j'ai été mauvaise. J'étais complètement ailleurs, pas du tout concentrée, et j'ai loupé plusieurs fois des passes inratables.

Quand le cours s'est terminé et que nous avons regagné le vestiaire, Mona et ses copines se sont jetées sur moi, furieuses, en disant que j'étais vraiment nulle et que j'avais fait perdre leur équipe. Elles m'ont attrapée, soulevée et assise sur la poubelle. Sauf que la poubelle n'avait pas de couvercle alors je me suis enfoncée dedans, j'étais coincée par les fesses et je n'avais pas de prise pour en sortir. Elles ont trouvé ça très drôle de me regarder me tortiller, et moi, finalement, je n'ai pas réussi à m'empêcher de pleurer.

Quand elles sont parties, Célia est venue m'aider à sortir. Célia, je ne vous en ai pas encore parlé : c'est une fille de quatrième (sa classe avait cours de sport en même temps que nous, parce que le gymnase est vraiment grand). Je ne la connais pas, elle reste un peu dans son coin, elle aussi, mais personne ne l'embête. Elle a l'air gentille, elle n'est jamais venue me parler de mon âge, elle a de magnifiques yeux bleu presque violet avec de longs cils noirs et elle est… très très grosse.

Je sais qu'il ne faut pas dire grosse et que le mot pour dire ça c'est obèse, mais je trouve qu'obèse ça sonne comme une maladie (d'ailleurs c'en est une, j'ai entendu ça dans un reportage à la télé), et Célia n'a pas du tout l'air malade. Et puis j'aime bien tout un tas de choses qui sont grosses : une *grosse* part de gâteau, un *gros* tas de feuilles mortes pour sauter dedans, un *gros* nounours tout doux... Enfin, je suis sûre que le gâteau serait beaucoup moins bon si on m'en avait donné une part *obèse*.

Pour en revenir à Célia, elle m'a aidée à sortir de la poubelle et m'a dit qu'une fois, d'autres filles avaient essayé de lui faire la même chose, mais qu'elle était tellement lourde qu'elles n'avaient pas pu la soulever. Et de toute façon, même si elles avaient pu ses fesses ne seraient jamais passées dans la poubelle. Elle m'a aussi dit que ce n'était pas toujours drôle d'avoir de si grosses fesses, mais qu'au moins ça avait cet avantage-là. J'ai rigolé à travers mes larmes, Célia riait aussi, et ça m'a vraiment fait du bien.

6

J'étais vraiment contente que le week-end soit enfin là. Contente et surtout soulagée. Ma semaine avait été difficile, et j'avais vraiment besoin de m'échapper de l'ambiance du collège.

J'ai joué un long moment avec nos chats, j'ai dessiné aussi. J'adore dessiner, et je me débrouille plutôt bien, je vous l'ai déjà dit ? J'ai passé tout le samedi après-midi dans la cuisine avec mon père : on a préparé ensemble le repas du soir, on a fait des gâteaux et quelques essais de nouvelles recettes. C'est notre truc, à tous les deux. On bricole, on invente, on fait des mélanges, et après on goûte et on rigole. La plupart du temps c'est bon, même très bon, un peu moins souvent c'est joli, parce que la présentation c'est tout un art. De temps en temps c'est complètement raté, mais ça, c'est plutôt rare quand même, parce qu'on est une super équipe Papa et moi.

Papa, justement, il a bien vu que je n'étais pas comme d'habitude. Je n'arrivais pas à arrêter de penser à tout ce qui s'était passé au collège pendant la semaine et ça m'empêchait d'être complètement concentrée sur ce qu'on faisait. Il m'a demandé si tout allait bien, et j'ai dit oui, même si ce n'était pas tout à fait vrai, parce que je savais bien que si je commençais à lui raconter comment les filles du collège se moquaient de moi il faudrait que je lui explique tout du début à la fin. Et ça, je n'en avais pas envie.

Et puis surtout, je me disais que peut-être que je m'étais trompée, ou que j'avais mal compris, et je ne voulais pas passer pour une rapporteuse. C'était certain, s'il y avait vraiment quelque chose, mes parents seraient intervenus tout de suite, et j'entendais déjà la suite : « hou le bébé, elle veut sa maman », ou encore « elle ne sait pas se défendre, elle va le dire à sa mère... »

Toutes ces moqueries qui m'ont fait de la peine au collège, finalement, peut-être que c'était seulement parce que je suis hypersensible et que n'importe qui d'autre n'y aurait même pas prêté attention.

Comme je vous l'ai dit au début de cette histoire, quand j'avais cinq ans j'ai fait des tests chez une psychologue, et c'est suite à ça que j'ai sauté deux classes. Mais je n'ai pas fait que des tests : j'y suis retournée de temps en temps, après, pas parce que j'avais des problèmes, mais parce que mes parents voulaient juste s'assurer que tout allait bien.

C'est elle, la psychologue, qui m'a expliqué que j'étais hypersensible. Pour faire court, cela signifie que je réagis beaucoup plus fort que la plupart des gens aux émotions. Si quelque chose vous rend triste, moi ça me désespère. Si autre chose vous fait simplement sourire, moi, j'en sauterai de joie. Et quand on me met en colère, je deviens un vrai dragon.

Pour en revenir à Papa, il me connaît bien. Et quand j'ai répondu que tout allait bien, j'ai vu qu'il n'était pas convaincu.

« Tu me dirais, hein, ma chérie, s'il y avait quelque chose ?

– Oui. Bien sûr. Ne t'inquiète pas. Je gère.

– C'est donc qu'il y a quelque chose à gérer ? »

Trop fort ce Papa. Grillée, une fois de plus. Je n'arrive pas à lui mentir.

« C'est… pas grave. Je n'ai pas envie d'en parler. Mais je te promets que si je n'arrive pas à me débrouiller toute seule je te demanderai.

– Bien. Et si on faisait des expériences de chimie pour te changer les idées ? »

Papa a versé un peu de crème liquide dans un verre puis a ajouté quelques gouttes de jus de citron. D'un seul coup, la crème s'est figée en gros grumeaux. C'était rigolo. Bon, pas aussi impressionnant que quand on fait brûler un mélange de dichromate d'ammonium et de thiocyanate de mercure : ça donne des tentacules de cendre très longues et très fines, il faut vraiment le voir pour comprendre. Maman me l'avait montré un jour, sur une vidéo d'internet, et ça m'avait vraiment donné envie de devenir chimiste, rien que pour pouvoir faire des expériences super cool comme celle-là.

À dire vrai, à chaque fois que quelque chose me plaît, j'aimerais me lancer à fond dans le sujet. Si j'en avais la possibilité, je serais, plus tard, à la fois chanteuse, marchande de crêpes dans un camion, danseuse, boulangère, chimiste, vétérinaire, éleveuse de chats, peintre et chef d'orchestre. La liste peut même se compléter, puisque j'ai encore un tas de choses à découvrir.

Papa a rempli sa mission, il a réussi à me changer les idées. Enfin je ne pensais plus au collège, les inquiétudes que j'avais étaient loin derrière moi. Le samedi s'est terminé tranquillement, je me suis endormie comme une masse sur le canapé. Papa – ou Maman peut-être – m'a porté dans mon lit puisque c'est là que je me suis éveillée le dimanche matin en pleine forme, et prête pour une nouvelle journée d'expériences et de découvertes.

7

Le lundi matin, je suis retournée au collège. Les cours se sont enchaînés, j'ai passé mes récréations au CDI et il ne s'est rien produit de particulier.

Il y a quelque chose de très important dont je ne vous ai pas encore parlé : c'est le fonctionnement des toilettes du collège. Les toilettes sont ouvertes uniquement pendant les récréations, donc toutes les deux heures, et si l'on a besoin d'y aller, il ne faut pas perdre de temps parce qu'il y a toujours la queue et que la récréation est bien courte. Cinq toilettes, dix minutes et une quinzaine de classes de vingt-cinq élèves chacune. Cherchez l'erreur.

Il paraît qu'avant, les toilettes étaient ouvertes en permanences et qu'on pouvait y accéder même pendant les interclasses. Malheureusement, certains élèves s'y cachaient pour ne pas aller en cours et il a donc été décidé de ne les déverrouiller que pendant les récréations.

À quinze heures, pendant la récréation de l'après-midi, j'ai eu besoin d'aller aux toilettes. Je savais donc que je devais aller droit sur mon but, sans me laisser distraire par quoi que ce soit, faute de quoi les deux prochaines heures allaient être carrément pénibles.

Les toilettes sont situées dans le hall du bâtiment A, et pour y arriver, il faut passer par la cour. Quand la cloche a sonné, je me suis précipitée, comme tous les autres, vers la cour de récréation. Je l'ai traversée en diagonale, direction bâtiment A, et lorsque je suis arrivée devant les portes vitrées du hall, il y avait déjà un petit groupe qui faisait la queue. Parmi eux se trouvaient Mona et son équipe. Quand elles m'ont vu arriver, elles se sont avancées pour me barrer la route. Elles ont dit des tas de choses désagréables comme :

« Tiens voilà l'intello !

– Tête d'ampoule !

– Grosse tête !

— C'est le bébé qui vient changer sa couche ! »

Je leur ai demandé de me laisser passer, mais elles n'ont pas voulu, elles avaient l'air de trouver la situation très drôle et continuaient de plus belle. J'ai essayé de forcer le passage, mais il n'y avait rien à faire, elles sont beaucoup plus grandes que moi, et à quatre contre une je n'avais aucune chance.

Ça a duré quelques minutes, jusqu'à ce que la sonnerie de la fin de la récréation retentisse. Il était trop tard. Je n'avais pas pu aller aux toilettes et il fallait retourner en cours. Bien sûr, j'aurais pu demander à une surveillante l'autorisation d'y aller à ce moment-là, j'aurais été en retard de deux minutes pour le cours de français et ça n'aurait pas changé la face du monde. Mais je n'ai pas osé. Je ne voulais surtout pas me faire remarquer.

Alors je suis allée en classe avec tous les autres. On avait deux heures de français d'affilée, sans pause, et au bout de la première heure déjà mon envie était devenue plus que pressante. La deuxième heure j'étais tellement concentrée sur mon envie de faire pipi que je n'ai absolument aucun souvenir de ce dont la prof a parlé. Quand la cloche a sonné, à dix-sept heures, je n'ai pas bougé, je crois que je ne l'ai même pas entendue.

Ma prof de français m'a dit de me dépêcher, sinon j'allais rater le car scolaire, alors j'ai couru comme j'ai pu jusqu'à l'arrêt du car, sans passer par les toilettes bien sûr, je n'en avais pas le temps.

Je ne l'ai pas raté, heureusement, je me suis assise tout au fond, en faisant attention à bouger le moins possible parce qu'à ce moment-là, il aurait suffi d'un rien pour que je fasse pipi dans ma culotte.

À deux sièges du mien, deux des copines de Mona étaient assises et me regardaient. Je les voyais ricaner et je devais être toute blanche tellement je me sentais mal.

Et la catastrophe est arrivée. Tout d'un coup, je me suis retrouvée trempée de la taille aux pieds, mes chaussures faisant floc-floc dans une mare d'urine. Et moi je pleurais. Je crois que de toute ma vie je n'ai jamais eu aussi honte, je ne me suis jamais sentie aussi humiliée.

Les deux filles l'ont remarqué, bien sûr, et elles ont dit tout haut et très fort, pour que tous ceux qui étaient dans le car entendent :

« Hou le bébé a fait pipi dans sa culotte !

– Même en maternelle les petits ils ne font plus ça !

– Julie, tu es vraiment dégoûtante, tu aurais pu attendre d'être chez toi !

– Ah ça pue ! Vous sentez tous comme ça pue ?

– Julie tu pues ! »

Je n'ai pas répondu, je n'ai pas bougé, j'ai fermé les yeux. Quand le car est arrivé dans mon village, j'en suis descendue en courant, laissant des traces de pas mouillées derrière moi.

Et j'ai décidé que je n'irais plus jamais au collège. Jamais. .

8

Quand je suis arrivée à la maison, j'ai jeté mon sac dans l'entrée, je suis passée en courant devant Maman qui n'a même pas eu le temps de comprendre ce qui m'arrivait, je me suis précipitée dans la salle de bain et je suis restée à pleurer un long moment sous la douche.

Maman est entrée, elle a ramassé mes affaires mouillées et a ramené mon peignoir tout doux en éponge qu'elle a accroché sur le sèche-serviettes, pour qu'il soit tout chaud.

Quand je suis sortie de la salle de bains, toute propre, Maman m'attendait dans la cuisine. Elle avait préparé pour moi un grand chocolat chaud tout fumant et un gros morceau de brioche. Je me suis assise, je n'avais pas très faim, mais j'ai picoré un peu quand même dans la brioche, et Maman s'est assise à côté de moi.

« Tu veux bien me dire ce qui s'est passé ?

– D'accord, mais je ne retourne plus jamais au collège.

– C'est à ce point ? Écoute, tu vas me raconter, et si tu veux, demain tu pourras rester à la maison. Une journée d'absence n'aura pas de conséquences. Mais s'il y a un problème au collège, il faut le régler, pas s'enfuir. Quitter le collège n'arrangera rien, au contraire... »

J'ai recommencé à pleurer, j'ai bu un peu de chocolat, trempé ma brioche dedans, fait un câlin à Maman, enfin peut-être pas exactement dans cet ordre, et à ce moment-là Papa est rentré du travail.

Il est venu me faire un bisou et il a eu l'air tout surpris de me voir en peignoir et les yeux tout rouges d'avoir pleuré :

« Ben qu'est-ce qui se passe, ma chérie ? »

Alors j'ai tout raconté. Tout, depuis le début, les questions sur mon âge, les moqueries, la poubelle du vestiaire du gymnase, les toilettes auxquelles on m'avait empêché d'accéder, le pipi dans ma culotte, la honte. Tout.

Ils m'ont écoutée, sans rien dire d'abord, puis m'ont demandé si j'en avais parlé à un adulte au collège, combien les filles étaient, si dans le vestiaire du gymnase le prof était là ou pas, si le chauffeur du car s'était rendu compte de quelque chose. Je leur ai aussi parlé de Célia, la seule qui ait été vraiment sympa avec moi.

À la fin de la discussion, j'étais épuisée. Papa et Maman m'ont dit que ce serait bien d'aller parler de tout cela à la CPE.

J'ai préparé le repas avec Papa pendant que Maman lisait une histoire à mon petit frère. Il ne sait pas encore lire, il a seulement quatre ans, mais ça l'intéresse beaucoup. Il connaît tout son alphabet et arrive même déjà à déchiffrer quelques mots simples.

Mon petit frère, il est comme moi : il pense très vite. Il est en maternelle et ça ne se passe pas aussi bien que cela devrait, parce qu'il n'arrive pas à rester tranquille à sa place pendant que la maîtresse leur apprend des choses. On dit souvent qu'on remarque plus vite les garçons surdoués que les filles parce qu'ils sont plus turbulents. Les filles ont tendance à être plus discrètes. Tout ça, ce sont des statistiques, je ne sais pas si c'est vraiment important, mais en tout cas pour mon petit frère et moi, ça se vérifie.

En tout cas, lui aussi il s'intéresse déjà à plein de choses comme l'astronomie ou la préhistoire, il connaît le nom de toutes les planètes du système solaire, laquelle est rouge et laquelle a des anneaux.

C'est un enfant complètement normal, comme moi, si ce n'est qu'il est toujours en mouvement et qu'il grimpe et saute partout, tout le temps. Il est un peu épuisant pour toute la famille, surtout quand on a besoin de se concentrer sur quelque chose, mais il est tellement mignon qu'on lui pardonne. Et puis surtout, qu'est-ce qu'il nous fait rire !

Un peu plus tard dans la soirée, après que mon petit frère se soit endormi, on a reparlé de ce qui s'était passé au collège. On a décidé, avec Papa et Maman, que nous irions ensemble dès le lendemain matin parler à la CPE. Ensuite, libre à moi de rester au collège ou de rentrer à la maison.

La CPE était venue se présenter à toute la classe en début d'année, elle avait l'air sympathique. Nous verrons bien.

Il paraît qu'il y a un vieux film qui se termine par *demain est un autre jour*. Ça résume plutôt bien mon état d'esprit quand je me suis endormie ce soir-là.

9

En temps normal, quand les parents d'élèves ont besoin de voir la CPE, ils sont censés prendre rendez-vous. Maman a quand même prévenu, elle a téléphoné au collège à la première heure et a annoncé que nous serions là ensemble à huit heures trente, et que nous ne repartirions pas sans avoir vu la CPE. Maman était comme toujours très polie et agréable au téléphone, mais il y avait dans le ton de sa voix quelque chose qui faisait qu'il était évident que la CPE serait libre à notre arrivée.

Et c'était le cas.

Madame Ramier – c'est son nom – nous attendait dans le hall du collège et nous a précédés jusqu'à son bureau. Il paraît qu'un ramier c'est une sorte de pigeon et ça m'avait fait un peu rire au début de l'année parce qu'elle ne ressemble pas du tout à un pigeon, elle est même plutôt jolie avec ses cheveux blonds tout courts et ses grands yeux clairs. Mais les autres élèves n'avaient jamais entendu le mot ramier alors il n'y avait que moi que ça avait amusé.

À huit heures trente, la sonnerie du début des cours a retenti, Madame Ramier nous a invités à nous asseoir et elle s'est installée dans son fauteuil, face à nous. Je me sentais toute petite sur la chaise du milieu, entre Papa et Maman.

« Alors, dites-moi ce qui se passe. Je vous écoute. »

Maman a pris la parole en premier. Elle lui a expliqué que j'étais victime d'un harcèlement, et qu'il fallait faire en sorte que ça s'arrête tout de suite.

Le mot était lâché. Harcèlement. J'avais déjà lu ce mot sur des affiches, au collège, il y avait même un numéro de téléphone à appeler si l'on était concerné. Je dois avouer que je n'avais pas fait le rapprochement avec mes mésaventures, mais tout bien réfléchi, effectivement, quand quelqu'un ou un groupe de personnes s'en prend systématiquement et régulièrement à la même victime, et c'était bien le cas ici, il s'agit d'un harcèlement.

Madame Ramier a été très surprise, elle a fait des grands yeux ronds tout étonnés. Elle m'a demandé, à moi, de lui raconter tout ce qui s'était passé. C'était important, a-t-elle expliqué à Papa et Maman, qu'elle ait les informations de première main. Je ne connaissais pas cette expression et elle me l'a expliquée. *De première main* ça veut dire qu'il n'y a pas eu d'intermédiaires, que ce qui est dit n'est pas passé par plusieurs personnes qui auraient pu le déformer.

Au début, j'ai eu un peu de mal. J'avais l'impression d'être une rapporteuse, une cafteuse, et j'ai horreur de ça. Mais la CPE a été très gentille et très patiente, elle me posait des questions quand elle voyait que ça ne venait pas tout seul. Papa et Maman m'ont aidé aussi. Ils me disaient : « tu te souviens quand tu nous as parlé de ça, ou quand il s'est passé ça, tu pourrais le redire à Madame Ramier, exactement comme tu nous l'as dit ? »

Tout y est passé, de la poubelle aux moqueries en passant par les « tête d'ampoule » et le pipi dans le car.

J'ai aussi pleuré un peu. Ça faisait beaucoup d'émotions. Pendant que je racontais, Madame Ramier prenait des notes sur un grand cahier, comme les policiers quand ils écoutent un témoignage pour une enquête.

Je vous ai déjà dit que je me demandais si ce n'était pas moi qui avais mal interprété tout ça, si finalement il ne s'était rien passé et que c'était moi qui me faisais toute une histoire pour rien. Mais là, à le dire tout haut, comme ça, ça m'a paru horrible. J'avais l'impression de parler d'une autre personne, de raconter une histoire triste. Si ça n'avait pas déjà été mon histoire, je n'aurais vraiment pas voulu être à la place de cette petite fille. J'aurais fait tout mon possible pour l'aider et la protéger. La seule qui ait eu cette attitude c'est Célia, la fille de quatrième au gymnase, et je n'ai pas manqué d'en parler à Madame Ramier, bien sûr, parce que c'est important aussi de parler de ceux qui font du bien.

La CPE m'a écouté très attentivement, tout comme Papa et Maman – mais eux ils connaissaient déjà l'histoire. Quand j'ai eu terminé, elle m'a dit qu'on allait régler ça aujourd'hui même, que ce qu'elles avaient fait était grave, mais si elles ne s'en étaient probablement pas rendu compte.

Papa et Maman m'ont alors demandé ce que j'avais décidé, à savoir si je repartais avec eux ou si je préférais rester au collège. Madame Ramier trouvait aussi que j'étais suffisamment émue pour rentrer chez moi si je le souhaitais, mais que ça serait formidable si je voulais bien rester pour l'aider à régler cette affaire, puisque j'étais quand même la première concernée.

Elle était tellement gentille, tellement souriante et douce que j'ai eu confiance en elle et j'ai accepté de rester.

Papa et Maman ont remercié Madame Ramier, lui ont serré la main, m'ont embrassée et sont repartis.

10

Pendant toute l'heure suivante, je suis restée tranquillement au CDI. J'y étais seule avec la documentaliste, il n'y avait pas d'élèves à part moi. Madame Ramier trouvait qu'il valait mieux que je ne retourne pas en classe avec mes camarades tant que cette histoire ne serait pas tirée au clair, et j'étais bien d'accord. Je n'avais pas du tout envie de me retrouver face à Mona après tout ce que j'avais raconté. Mona c'était la pire de toutes, celle qui avait entraîné les autres, mais Lola, Adèle et Aïcha s'en étaient aussi données à cœur joie. Je ne voulais pas les voir.

La CPE m'a accompagnée au CDI et a expliqué la situation à la documentaliste qui porte un nom très compliqué à retenir et qui préfère qu'on l'appelle Sylvie.

Je l'appelle Sylvie, comme tout le monde, mais je trouve que son nom n'est pas du tout difficile à retenir, justement parce qu'il n'est pas commun et qu'on le remarque tout de suite. Elle s'appelle Sylvie Rajaonarivelo et est née sur une île très loin, à presque dix mille kilomètres d'ici : Madagascar. Là-bas, son nom n'est pas du tout bizarre. Beaucoup de Malgaches (c'est comme ça qu'on appelle les habitants de cette île) portent des noms qui sonnent un peu comme le sien.

Madame Ramier m'a dit qu'elle reviendrait me chercher une fois qu'elle aurait discuté en tête-à-tête avec Mona et les autres, une à la fois, et que ça pouvait prendre un peu de temps. Ce matin, le CDI était fermé aux élèves et j'allais donc être tranquille. Au moment de repartir, elle a sorti de sa poche une petite clé et me l'a tendue :

« Julie, je te la prête jusqu'à tout à l'heure. C'est la clé des toilettes. Si tu as besoin d'y aller, fais-le pendant que les autres élèves sont en cours. »

C'était une toute petite clé, avec un porte-clés rectangulaire vert pâle sur lequel était écrit, au feutre indélébile, *WC Bât. A*.

Vous n'imaginez pas l'effet que ça m'a fait. Ce n'était qu'une petite clé, mais le fait que Madame Ramier me fasse confiance, que ce soit moi qui l'aie, ne serait-ce que pour deux petites heures, c'était tout un symbole. À mes yeux, elle m'avait confié rien moins qu'un trésor.

J'ai parlé un peu avec Sylvie, elle m'a proposé des livres à lire. Elle commence à connaître ce que j'aime, parce que c'est vrai que j'y passe pas mal de temps, au CDI. J'ai choisi un roman policier, mais je ne parvenais pas à me concentrer. Je lisais les mots mais je ne comprenais rien, je ne retenais rien, mon esprit était ailleurs. Très précisément, il était dans le bureau de Madame Ramier, avec Mona et les autres.

J'essayais d'imaginer ce qu'elles se disaient, les questions que la CPE leur posait, comment elles y répondaient... J'étais à la fois très heureuse que quelque chose soit fait pour que mon problème disparaisse, et aussi très inquiète. Et si ça devenait encore pire ?

Sylvie a bien vu que je n'arrivais pas à lire, et elle m'a proposé de l'aider à faire son inventaire. Elle avait une longue liste de livres qui avaient été empruntés au CDI et n'avaient pas été rendus, et il fallait vérifier sur les étagères qu'ils n'y étaient effectivement pas, parce qu'il arrive parfois qu'un livre revienne et qu'on oublie de l'inscrire dans l'ordinateur. Pour être sûr de ne pas se tromper de livre, il fallait vérifier le titre, bien sûr, mais aussi la cote (c'est le code du livre que l'on peut lire sur la tranche) et le numéro d'exemplaire.

Ça m'a bien occupée. Tiens, professeur-documentaliste, je pourrai l'ajouter à ma liste de futurs métiers possibles.

La matinée a filé à toute vitesse finalement, et il était l'heure de déjeuner. Madame Ramier est venue me chercher et elle m'a dit qu'elle avait parlé avec les filles, que ça s'était bien passé, que j'allais maintenant aller à la cantine manger avec les autres et qu'ensuite, quand le repas serait terminé, elle m'attendait dans son bureau avec Mona et les autres.

J'ai mangé seule, sous l'œil bienveillant des surveillantes qui s'étaient installées pas loin de moi. Les élèves me regardaient, quelques regards discrets qui espéraient ne pas se faire remarquer, mais je m'en suis rendue compte, bien sûr. En tout cas, personne ne s'est risqué à venir me parler.

Et c'était tant mieux parce que les émotions, ça creuse l'appétit et j'ai réalisé que j'étais affamée. J'ai englouti le contenu de mon plateau à grosses bouchées, j'étais concentrée sur mon steak haché-ratatouille, et j'aurais eu du mal à discuter en même temps sans postillonner sur mon éventuel interlocuteur.

Il était enfin l'heure de gagner le bureau de Madame Ramier. Je suis passée par les couloirs, évitant la cour de récréation, et j'ai frappé trois petits coups timides à sa porte.

11

Je ne vais pas vous donner le détail de ce qui s'est passé dans le bureau de Madame Ramier, parce que ce n'est pas vraiment important, et surtout, c'est de l'histoire ancienne maintenant. Mais ce que je peux vous dire, c'est que la CPE m'a demandé de raconter aux quatre filles présentes ce que j'avais vécu, mais en racontant l'histoire à la troisième personne. Comme si je parlais de quelqu'un d'autre. Et sans citer leur nom.

J'ai été surprise qu'elle me demande ça, je ne m'y attendais pas du tout, mais elle m'a fait un très joli sourire que j'ai interprété comme « fais-moi confiance, tu vas bientôt comprendre ».

Alors j'ai raconté l'histoire de la petite fille trop rapide pour être en primaire mais trop jeune pour être au collège, qui essayait de trouver sa place sans se faire remarquer... Et qui avait attiré l'attention sans le vouloir parce qu'elle était ce qu'elle était et qu'elle n'y pouvait rien. J'ai raconté comment ses camarades s'étaient moquées d'elle et l'avaient humiliée, pour rien, juste parce que ça les amusait de la voir si démunie. J'ai raconté…

Ça leur a fait le même effet qu'à moi, quand j'avais tout expliqué, un peu plus tôt, à Madame Ramier. À l'entendre comme ça, ça paraissait tellement triste et elles étaient vraiment désolées pour la « pauvre victime ».

Elles se sont mises à pleurer toutes les quatre, m'ont demandé pardon, m'ont embrassée et m'ont promis que plus jamais elles ne recommenceraient.

Et je les ai crues. Et jusqu'à présent, j'ai eu raison de le faire parce qu'effectivement, elles ne se sont plus jamais moquées de moi.

Épilogue

Aujourd'hui, j'ai fait ma rentrée en cinquième. J'étais très heureuse de retrouver Mona et Célia, mes meilleures amies, après ces deux mois de vacances.

Je n'étais pas du tout impressionnée comme il y a un an, le collège n'a plus de secrets pour moi maintenant ! Après les évènements du début de l'année dernière, j'ai eu besoin d'un peu de temps pour reprendre mes marques mais dès la Toussaint, tout était rentré dans l'ordre. Mona a été adorable, elle a tout fait pour se faire pardonner, mais ce n'était pas nécessaire parce que je la connaissais depuis longtemps et je savais bien qu'au fond elle n'était pas méchante. Je l'avais pardonnée dès que j'avais vu sa première larme, il y a un an, dans le bureau de Madame Ramier.

J'ai appris à connaître Célia, qui a un cœur aussi gros que ses fesses, et ce n'est pas peu dire ! Elle vient d'entrer en troisième. Quand on est devenues amies, elle m'avait fait part d'une idée : elle pensait que je devrais expliquer à toute ma classe ce que j'étais, comment je fonctionnais, un peu comme quand on fait un exposé, et qu'après ça, probablement que mes camarades n'auraient plus besoin de me poser de questions puisqu'ils auraient déjà eu toutes les réponses.

Ça ne m'emballait pas trop. Ce que je veux dire, c'est que oui, c'était une très bonne idée, mais de parler comme ça devant toute la classe, de faire un exposé sur moi-même... Non. Définitivement non.

Malgré tout, l'idée faisait son chemin dans ma tête, j'avais très envie de faire quelque chose pour que les autres élèves comprennent mieux ce que j'étais : finalement pas si anormale que ça. Et puis je me disais aussi que ce serait bien de ne pas limiter l'explication à ma classe, qu'il y avait d'autres élèves surdoués, dans d'autres collèges, qui rencontraient peut-être les mêmes difficultés que celles qui avaient été les miennes...

Et un jour, juste avant les vacances de Noël, j'ai su ce que j'allais faire. J'allais raconter mon histoire, mais pas debout devant ma classe. J'allais l'écrire.

Et c'est ce que j'ai fait.

Et sur ma liste de métiers possibles, juste après chef d'orchestre et professeur-documentaliste, j'ai ajouté *écrivain*.

Pour en savoir plus

C'est quoi, un surdoué ?

Un surdoué, c'est une personne dont l'intelligence fonctionne sur un autre mode que celui de la plupart des gens. Le plus important à retenir, c'est qu'un surdoué n'est pas *plus* intelligent, mais intelligent *différemment*.

Cette forme d'intelligence est un atout dans certains domaines comme l'apprentissage, parce que les surdoués mémorisent facilement et sans effort, mais cela peut également être une gêne au quotidien : les surdoués sont parfois perçus comme « bizarres » et peuvent avoir des difficultés dans leurs rapports avec les autres.

On ne devient pas surdoué, on naît comme ça et on le reste toute sa vie. Il y a donc des enfants et des adultes surdoués.

J'ai aussi entendu parler d'enfants précoces, est-ce que c'est la même chose ?

Oui ! Il existe différents mots ou expressions pour désigner les surdoués. À chacun de choisir ce qui lui convient le mieux :
- Surdoués
- Précoces
- HPI (Haut Potentiel Intellectuel)
- HQI (Haut Quotient Intellectuel)
- Zèbres
- etc.

Comment ça marche, l'intelligence d'un surdoué ?

Tout d'abord, laissez-moi vous rappeler comment fonctionne une intelligence « normale ». Quand on doit trouver la solution à un problème par exemple, on part du point de départ, c'est-à-dire la question posée, et la pensée suit son petit chemin en ligne droite jusqu'à la solution. Le long de ce chemin, il y a des étapes, que l'esprit valide à chaque fois avant de passer à la suivante. Et c'est précisément parce que la plupart des gens fonctionnent comme cela qu'à l'école on apprend des règles ou des méthodes qui nous permettent de trouver la solution à un problème. L'esprit n'a qu'à suivre la méthode qu'il a apprise, étape après étape, comme un mode d'emploi, pour parvenir à la solution. On appelle ce fonctionnement la pensée linéaire[1].

Quand on pose une question ou un problème à un surdoué, ce qui se passe dans sa tête est beaucoup plus compliqué ! Son esprit va partir dans tous les sens, très très vite. Si on devait représenter sa pensée par une image, ça ressemblerait à quelque chose comme le bouquet final d'un feu d'artifice, ou à un arbre généalogique qui crée de nouvelles directions à

---

[1] Linéaire : en ligne

chaque étape. On peut dire qu'il examine toutes les réponses possibles, pour finalement sélectionner la plus probable. Ce mode de fonctionnement s'appelle la pensée en arborescence[2].

La réponse qu'il va donner à la question est la même que celle qui est obtenue avec un raisonnement classique. Mais il y a quand même deux grosses différences : le surdoué sait, en plus de connaître la bonne réponse, que toutes les autres réponses possibles sont mauvaises. L'autre différence très importante, c'est que son esprit va tellement vite qu'il n'a pas accès à toutes les étapes qui ont mené à sa réponse. Tout cela se fait en quelques millièmes de seconde, de manière inconsciente, et la bonne réponse lui apparaît comme une évidence, sans qu'il soit capable d'expliquer pourquoi, ni quel raisonnement, quelle méthode ou quelle règle il a utilisé.

Voilà pourquoi il arrive parfois que des surdoués aient de grosses difficultés à l'école.

---

[2] Arborescence : en forme d'arbre, avec des branches

En mathématiques, par exemple, on peut avoir la moyenne à un exercice si on a fait une petite erreur de calcul, mais que l'on a utilisé un raisonnement juste. Par contre, si l'on donne une bonne réponse mais qu'on a un mauvais raisonnement, ou même pas de raisonnement du tout, le professeur croira volontiers que l'élève a eu de la chance en donnant une réponse au hasard, mais que cela ne mérite pas la moyenne.

Alors, être surdoué, c'est juste une façon différente d'apprendre et de retenir les choses ?

Non, ça ne se limite pas à ça. Comme la pensée du surdoué va très vite et est toujours en alerte, elle reçoit beaucoup plus intensément toutes les informations qui lui sont transmises par ses sens. Beaucoup de surdoués sont plus sensibles que la moyenne aux sons, aux odeurs, aux couleurs… Ils vont remarquer des petits détails que personne n'a vus, ou être capables de distinguer les différents ingrédients d'un plat compliqué, ils sont aussi beaucoup plus sensibles aux pulls qui grattent ou aux élastiques de chaussettes qui serrent !

Tout ça pourrait presque passer pour des super pouvoirs, mais il y a un hic : il n'y a pas de bouton *pause*. Les surdoués sont bombardés en permanence de plein d'informations en provenance de leur environnement, mais ils n'ont pas la capacité de les filtrer et de ne retenir que ce qui les intéresse. C'est pourquoi certains d'entre eux se fatiguent vite et ont besoin de temps de repos, au calme, pour éviter que leur esprit ne surchauffe !

Les surdoués font-ils toujours de hautes études ?

Non, pas toujours. Être surdoué n'est pas un gage de réussite. Bien sûr, certains réussissent brillamment ! D'autres un peu moins, et quelques-uns sont même en échec scolaire.

Il y en a qui vont très bien, d'autres qui souffrent de leur différence et ont du mal à s'intégrer. Parfois certaines personnes sont surdouées sans le savoir, se sentent différentes mais ne parviennent pas à comprendre « ce qui cloche ».

Si je veux en savoir plus sur les surdoués, ou si je suis concerné, où m'adresser ?

Il existe en France plusieurs associations qui ont pour but d'informer sur la douance[3], de mettre en relation les surdoués entre eux et de les soutenir dans les difficultés qu'ils peuvent rencontrer :

---
[3] Douance : le fait d'être surdoué

- L'ANPEIP (Association Nationale Pour les Enfants Précoces),
- L'AFEP (Association Française des Enfants Précoces),
- MENSA (Club international de personnes à haut potentiel intellectuel).

Table des matières

1 7
2 17
3 23
4 29
5 35
6 41
7 47
8 53
9 59
10 65
11 71
Épilogue 73
Pour en savoir plus 77
Table des matières 87

Pour contacter l'auteur :

www.lauremalaprade.fr
contact@lauremalaprade.fr
https://www.facebook.com/lauremalaprade/
https://twitter.com/LaureRMalaprade